輕描淡寫

母親每天坐在書桌前練毛筆字，一坐一兩個鐘頭。她說有時半夜無法入眠也靠寫字來靜心。

他們那個年代的人經歷了戰亂、逃難、家庭失散，二十多歲她已是寡婦。要擺平這些傷痕談何容易。

每一個年代都有它的磨鍊。我們學習尋找方法和變化共存，與自己和解，和他人相處。

生命是沉重的，但到了某個時候終於明白了是可以輕描淡寫。

謝謝媽媽提筆為我寫下這四個字。。

[illegible]

當事情一件一件巧妙地向我走來，
我明白了這是「你」的安排，
而我必須要安靜下來聆聽；
放下雜念，
耐心從容地等待著更多的指示。

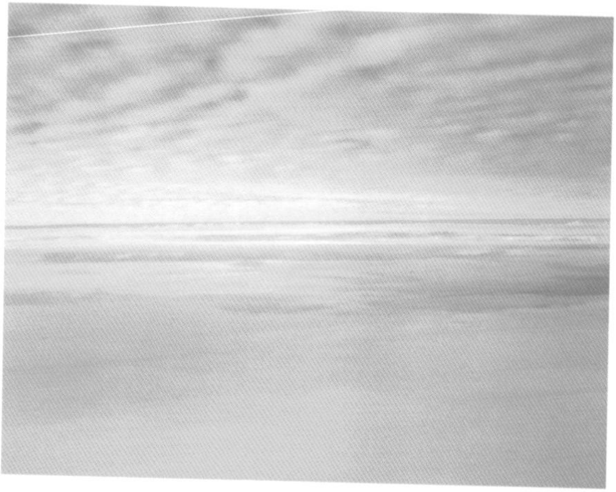

壹：產生關係

貳：過去和未來

參：我們的真實

肆：念念

伍：天氣美術館

壹

產生關係

誰才是最偉大的藝術家？讓創世者告訴你吧！

從上空俯瞰敦煌，我無法想像自己將走入一個什麼樣的城市？什麼樣的年代？滾滾河水似乎與澄黃的沙塵糾纏了上千年？上萬年？經過了時間的洗禮，顯得深沉、壯觀，五十年後，河水依然在此向前翻騰著，而坐在這飛機上一半以上的人卻已不知去向。如今是我們在驚嘆著看著它，還是它在向我們顯示什麼？我默默地想著：要把握時間啊！

沙漠！讓人敬畏，讓人放肆。不同時刻，不同角度，不同顏色，不同面貌。在這一片五色沙漠裡我喊盡幾十年的壓抑，卻引不起一點回聲。我終於放聲大

笑！「我真的以為我是誰啊？」

遠處出現了一片黛青色浩瀚的大海，萬艘艦艇並排著等待出發……風吹起，捲起朵朵浪花，打到身上才驚覺原來是顆顆沙粒，聳立在沙漠上數不清的軍艦是陡峭的土丘，也就是維吾爾所講的「雅爾當」，今日地理學術語「雅丹地貌」亦稱為魔鬼城，「萬艦出海」亦只是其中一奇景，出了玉門關，沿途是看不完、數不清的形態逼真的雕塑藝術品，堅硬土石被刀刻斧鑿成人形、烏龜、人面獅身、孔雀、城堡、拱門、微張的蚌殼……我的想像隨著創世者精采的作品飛舞著，啊！這再也不只是一條絲綢之路，而是「他」送給世人的藝術走廊。

「誰才是最偉大的藝術家？讓創世者告訴你吧！」

孔雀

大家驚呼著：「孔雀！孔雀！」

然後一群人衝下小巴，直奔沙漠中傲然屹立天然的孔雀石雕前照相。的確它像極了孔雀，也像一個矗立不動上千年的人，面仰向著天在等一個回答。

個人照、團體照都照完了，領隊又趕著大家上車，我不死心的要繞到石雕身後。領隊著急地喊著我別再往裡面走。我抱著相機任性地往它的身後繞去。不行，孔雀一定要有美麗的尾巴才是真正的孔雀！

多少次回想起當時驚豔的心情，依然激動。

怎麼可能！這一隻美麗的孔雀到底是從哪裡來的？是真實的孔雀先存在還是孔雀不過是眼前的牠的化身？耳中似乎傳來「沙沙」的聲音。彷彿見到牠的尾羽慢慢地展開。啊！天啊！

看景

如果不是拍電影，可能不會有機會走到那麼遠……

越是少人住的地方，景色越如仙境。到底是因為地方美，人住久了就如仙人？還是仙人住的地方叫仙境？記憶中二〇〇二年去紐西蘭看景，在基督城（Christchurch）下了飛機，立即跳上小巴，幾個鐘頭車程往西走……走入了仙境。回想起來，我們誰都不記得那個地名，卻沒人能忘記那似真似假的畫面。

車子在薄霧中行走，藍天白雲連接著藍色湖水，湖水中又倒映著白色雲朵。車子駛入這天與地結合一體的深處，一朵朵雲彩緩緩由湖中浮起，漫入車窗，分不清是雲？是霧？還是幻影？車內一片寧靜，連一點呼吸聲也騷擾了這分靜謐。我們被這天賜的美麗包圍著，心中充滿感激，原來當心中盛滿了美時，語言就多餘了。我們連拿起照相機的念頭都不敢有。第二天早上，我抱著同樣的期待去同樣的地方，傻住了！它呈現了完全不同的面貌。湖與平地如此冷靜地分開了，沒有盡頭的草原，一條莊嚴而孤寂的路，那麼真實的遙遠。我的男女主角就在這裡尋找著對方，卻又交錯了。

工作完畢回程的路上，車內依然安靜。享受窗外景色，隨著時間、陽光不斷地變化著……突然我們都注意到前方天空透露出一大片碧綠色的橢圓形，不！祖母綠！怎麼會出現這麼奇異的形狀和顏色？每個人好奇地探頭出窗外，哇！是湖水色彩的反射。只有如琉璃一般清澈的透、鏡子般的平靜，才能在陽光下反射進蔚藍的天空，呈現出它最傲人的色彩。一群人站在湖邊拍照，但我們只能捕捉到相機最先進功能下可以捕捉到的畫面，卻無法抓住那神祕奧妙的情景。大家不再問為何要飛這麼久，來到這麼遠的地方拍這個鏡頭？原來這一切在老早以前就安排好了。

從那裡開始

色彩是光的行為，有行為就有痛苦。

——歌德

一波雪白的浪花衝向岸，捲起鑲著如天際藍邊的浪頭。

「好美！好美！」我重複驚嘆著。

手中相機不斷按著連拍，電影攝影機不停機地捕捉，那剎那間連肉眼也無法確定是什麼層次的藍，瞬間消失。

為什麼？為什麼抓不住那令人心都飛舞起來的美？是鏡頭的侷限？是「它」只是屬於大自然？是這種真實和不真實之中讓我著迷了？我在這一刻像抓住了某一點莫名的爆發力，

無止境的聯想就像皎潔的光遇到了障礙，在腦子裡綻放出色彩。「色」中產生了情緒，「情」浮現出畫面。畫面裡看見人物……面孔……場景……一場一場的戲。

戲劇最初的源頭是神祕的，是無解的。

戲劇最初的源頭是神祕的，
是無解的。

場景

好一陣子忙忙忙，忙著趕劇本看案子，畢竟創作才是讓我最快樂的事。幾個月前去了一趟西班牙，順手拍了些照片，現在翻出來還覺得滿有意思的。在林布蘭大道上，我在不同的時間捕捉到不同的人生場景，竟比舞台上更像舞台。

穿梭不停的人群；小販吆喝著。浪人藝術家混雜在遊客裡總覺滄涼。背著身在吵鬧聲中談生意的男人，匆忙推著嬰兒車的年輕母親似乎趕著去買東西。兩手緊壓著錢包的黑衣女人，卻忍不住流連在誘惑的攤販中。林布蘭大道上華麗的路燈亮起，西班牙偉大建築師高第最早期設計的燈光照亮著一幕又一幕的交易。

人群散，大塊頭的清道夫上場迅速地清場換景，給午夜後的交易恢復日常，一切就緒。

是我的相機聲？還是他們職業性的靈敏？如狐狸般的眼神左右上下搜尋，他們發現了我這個不付錢的觀眾！幾乎同時，我們各自驚恐地逃離開。

我躲入酒店房內，懊惱自己不是個好觀眾，這麼不小心打斷了這場戲。還是抑不住好奇心，偷偷掀開窗簾一角，晨曦已籠罩着那空曠的舞台，天色微亮起……下一幕又準備開始。

我在不同的時間捕捉到不同的人生場景，
竟比舞台上更像舞台。

產生關係

我一定要和場景產生關係。無論是當演員或做導演，我都喜歡早到，或是不停地在一個新的場景裡晃蕩。

好演員善於利用場景裡已準備或陳設的道具。我觀察他們怎麼用來刺激我拍攝的方法。但可惜，多數演員還是過於被動和不夠大膽。不敢自己添加可以有戲的貼身用品，或是整理這個角色的房間或辦公室，他們覺得那都是美術組的事，但我卻覺得真正給予場景生命的是演員。他們的動和靜，和桌子、椅子、香菸、口紅、書、刀、傘、電話……空間產生的任何關係都可以讓一場戲活起來。

復活

寫一九四八年空軍的故事在腦子裡盤轉了快十年。每一次到空軍公墓的造訪更加強了我的決心，但我切入的角度並非以英雄事蹟的方式去寫。在碧潭空軍公墓所埋葬的全部都是將官以下的一些飛行員，許多平均年齡都不過四十歲，甚至有的是在二十五、六歲。我想探究的並非軍人的勇敢，而是：「為何而戰？」「值得嗎？」

資料收集、歷史的對證、人物設定、思考劇本的結構、所有動人片段前後的結合、情緒起伏的編排，這一些思考都會在落筆之前花上很長的時間，而且每部戲未必可用同樣的方式。

有一天正閱讀著一本雜誌。一篇報導關於馬勒第二交響曲〈復活〉，一首純真、很人文的音樂作品。我對於交響曲毫無認知，更對古典音樂有一種敬畏的距離感。文章的小標題吸引了我：「深受唐詩影響」。也不知為何，近來喜愛用詩的意境來寫電影劇本。

〈復活〉共五個樂章。第一章英雄之死，葬禮。第二、三章輕快曲調回憶英雄一生，也是我戲中可用來描述遺孤的成長，然後接到突來的消息。最後的兩個樂章是動人的重逢，卻是另一次的心碎。逐漸進入「無孔不入的苦痛，我要脫離你的魔掌」。這一種不再畏懼永久的離別，竟然就是復活重生的開始。

再一次我從另一類別的創作中，尋找到我這部電影劇本的藍圖和片名。

對話

我跟雲說話，雲跟我說話。
我追雲，雲追我。
「怎麼追得上你千變萬化。」我說。
「情緒啊！不是跟人一般？」它又變了。
「我總是要仰頭看著你高高在上。」
「你真傻！」它笑我，「遇上一陣冷或熱空氣我就降下去了。
誰能永遠高高在上啊！」
它不見了。

改編

杜琪峰導演喜歡舞台劇《華麗上班族之生活與生存》，希望我將它改編成電影劇本。原本以為自己再熟悉不過的原創去做這件事一定易如反掌，沒料到幾個月的思考，數次坐在桌前竟無法下筆。原來改編自己的劇本是件最痛苦的事。

舞台劇長度是三個多小時，電影是兩小時，不僅只是因為長度，還有不一樣的卡司加入。舞台劇原本的十三個人物我必須要讓他們改頭換面，或是某些角色必得自動消失。這種感覺就好比一家小公司被大財團收購，擴張業務的同時要裁員。

我反覆翻著二〇〇八年十月的筆記。裡面有一段寫著：Fire誰？這些人誰值得留下？這是劇本中提出的問題。現在成了我改編時的問題。

雖然當時的首稿是我在五天之內也不知哪裡來的精力和想像力，至今我還是認為上天派了天使抓著我的手一口氣把它完成的。但接下來一年半演出時，我們每一場都繼續將它更精準地調整。每一個演員在反覆地演出，衍生，變化，輪旋，自然地讓角色和自己跟舞台產生關係。角色和自我對話，然後用活出來的生命力去和觀眾對話。八十多場的表演讓我也和每個演員培養出默契、友情。如今我必須要親身去讓他們消失。Fire誰？誰可以留下？這樣的狀況還是頭一回。然而作為編劇這是一份必然的工作。電影、舞台劇的呈現方式本來就不同，改編好玩的地方也是不失原著精神但可以脫離原貌。終於我決定將舞台劇的一切都留在舞台上。電影劇本的開始是另一個新故事的開場。他們擁有同樣的名字、時空，但他們卻展開了另一段的生活與生存。

將舞台劇的一切都留在舞台。
電影劇本的開始是另一個新故事的開場。

共犯

像我這樣的壞人，能不能在槍決後變回一個好靈魂？

——諸神的黃昏

最近報紙上一則新聞：一位上海復旦大學研究生故意毒殺同學，在法院二審宣判死刑。雙方家長聞判後都悲痛不已。被判死刑的二十八歲凶手判後聲明很值得和大家共讀：

「在我有限的日子裡，我依然會流淚懺悔，盡力學習，錘鍊自己，希望能安然面對那最後一刻。我希望將我的遺體捐贈給醫院。此生雖然短暫，之前都投入到學業之中，『缺乏心靈的滋養』導致釀成大錯，最後這幾年在司法的漩渦中，身不由己，我希望這最後一件事能做對。我畢竟年輕，也能付出年輕的生命來賠罪。我的人生落幕了，也希望社會最終能寬恕我。」

他所指的心靈的滋養是什麼呢？放眼望去，社會的價值觀幾乎全是向錢看、攀關係、走捷徑。害人、殺人越來越年輕化，不需要深仇大恨就可以下毒手。這個世界越來越像電腦上的遊戲，或許殺人的那一刻根本分不出是真還是假！心中越是空虛不安，越加追求虛假的外表。心靈的滋養一定需要一顆單純而安靜的心。無須比較、占有或過於刻意去塑造一個不真實的自己。如果我們還相信每個人在深處都有一個美麗的心靈，請找回它，相信它的存在，用誠實的態度，不是向外尋找而是往內在世界。在安靜當中，找回聽得見、看得清楚的能力。

前兩年金馬獎拍《10+10》這個片子的時候，我選了《諸神的黃昏》，心中就是對散文中兩個年輕的犯人和死者充滿了同情，還加上一份大人的愧疚。家庭教育給了他們一個什麼樣的環境，讓他們會犯下這麼凶殘的過錯？我們在他們成長過程中忽略了什麼？如果大家都渴望有一個美好的世界，這是每一個人都不該逃避的責任吧！

沒有人愛聽說教，所以沒有人願意說教。不說、不教、不溝通，將會變成一個什麼樣的社會呢？

一個二十八歲的年輕死刑犯的兩句話：「之前都投入到學業之中，缺乏心靈的滋養導致釀成大錯」，我們到底讀到了什麼？

如果大家都渴望有一個美好的世界，這應該是每
一個人都不該逃避的責任。

貳

過去和未來

此時此刻

不太滿意幼稚園時尖嘴猴腮的照片，但兒時的每一張相片都如此珍貴。雖然我並非一個喜歡回顧過去的人，未知的前景總是令我的腳步無法停下來，但看到這張斜眼嘟嘴的臉，也不能不承認愛上表演這一行或許就是從這一刻開始。

相信當時自我的感覺一定頗為良好。有男生的私家三輪車跟著，表演總是有份兒，可以免午睡在大樹下滑梯邊和另一個男同學練唱歌，代表學校到廣播電台表演唱歌。這一點小小的天賦帶來的就是懶惰及不專心。熱愛舞蹈的我也曾被送去學芭蕾舞。我的學習能力很快，應該是說我模仿能力很強，但對於重複的訓練我卻毫無耐心。這是我兒時最大的特質，凡事都只學到個皮毛，但對什麼也都充滿著好奇。

我的芭蕾舞老師發覺我只是在課堂上故意耍寶地跌倒，做一些奇怪的動作引同學們樂得跟我一起不專心，沒多久我就終止了和芭蕾的緣分。

為了學鋼琴，媽媽特意買了德國好琴來培養我。多少次我因為不練習，在鋼琴老師家罰站。其他同學出出入入，我羞愧極了，並不是因為沒有練琴而慚愧，是因為罰站很難看，尤其是在男生面前。我一直不懂為何我如此喜愛鋼琴、小提琴、吉他……任何一種樂器，但我卻那麼憎恨練習。我會愛上會任何樂器的男生，但我依然不願意苦練。一年半後，媽媽聽完我自學彈出來的〈梁山伯與祝英台〉的黃梅調以後，立刻決定把鋼琴賣了。

這一些都沒有減低我對舞蹈音樂的喜愛，依然著迷於它創造出來的氛圍，更因為自己做不到而他人做到時會仰慕和欽佩。這是一種情意結，一種對美好、浪漫的渴望，就這麼養育著尖臉大眼瘦小的女孩慢慢成為厚嘴唇方臉的少女。唯一沒有變的五官是那雙好奇的雙眼。

有人形容我的眼睛充滿智慧，有人說我有一雙會說謊的雙眼。其實每個人的眼睛都有他的語言，而且是騙不了人的。連一個人心裡在偷笑，眼睛都會閃過一絲笑意。由於瞳孔是有光點，所以無法不立刻注意到它的變化。我相信應該是我的雙眼彌補了我其他的不足。

曾經和凌波姐合作過一部古裝片：《打金枝》。當然是黃梅調，凌波姐反串，我演刁蠻公主。每逢有這種角色出現時，我都會陷入苦惱：到底古時的美女標準是什麼？如果你看所有宮廷資料中的圖片，那些皇后、妃子的長相多數都可以嚇死人，當然皇帝、將軍、風流倜儻的俠士或書生也長得不怎麼樣。所以電影是用浪漫的想像去重新創造真實的藝術，而我絕不是大眾心目中的古典美女。凌波姐唱出那句「妳那櫻桃小嘴」，全場笑翻了。

雖然它是個喜劇，但也笑傷了我的自尊心。

在療傷的過程當中我學會了獨處，獨立思考。我窩躲在那巨蟹座的硬殼裡重建自信。我拒絕自戀，雖然我認為那是許多演員必有的特質，但我覺得那只是一種自我催眠的方式。那種自我膨脹的感覺是很飄飄然的，會讓你不想走出來，或是會害怕走出去。天啊！我才不要一輩子躲在這蟹殼裡呢！

千萬不要期望全世界的人都喜歡你。

千萬不要相信自己可以成為一個最完美的人。

當我接受了自己的缺點時，反而更輕鬆更坦然地去做我有能力做好的事。一直缺乏的專一竟然在此時悄悄地出現了。電影工作教育我、鍛鍊著我，任何的褒貶都不做停留。

四十歲生日的那天，我走進了眼鏡店，很誠實地要求驗光師替我驗老花，原因來自當我捧起飯碗時，米粒失焦，必須要拿遠才看得清楚。當眼鏡配好戴上，在鏡中看到的自己已經是一張嚴肅的面孔。不知曾幾何時少女時代的神采已消失，圓面頰、圓眼睛開始下垂。有沒有想過離開電影圈？有！但絕不是離開這份工作。大家形容這種態度為低調，其實對我來說，我只是真的沒有時間和力氣去應付電影圈的交際、假禮貌、真義氣……尤其在新聞媒體的大轉變之下，更是令人分不出何謂尊嚴。此時我只能更嚴謹地把關，規律自己，審查自己。這個過程有時極為痛苦，自信心可以如股票指數般的起落。一時會一頭冷汗，一身焦慮發出了熱汗，一時又有強烈的衝動去實現心中的念頭。在蹺蹺板的兩頭來回上下，總是可以找到中間的平衡點，如果你願意去找的話。一旦木板停頓下來，我發覺自己又跳上一端去搖動它。這個應該就是我！躲不掉的我！就算是我黑色瞳孔已逐漸褪色，但我能夠看得更深。好奇心越強，接受範圍更無邊。每一個階段我都是這麼告訴自己：「此時此刻應該是最好的時刻吧！」

（最右邊這個人是我）

每一個階段我都這麼告訴自己，
此時此刻應該是最好的時刻吧！

過去和未來其實沒有離得很遠

「妳想一想，一歲的時候有發生過什麼事？」

Alice，那三十多歲一雙丹鳳眼的女另類治療師追問著我。要不是因為多年以來接受這種不是太多人認同的療程效果頗佳，越來越相信心靈的不安是生病很大的起源之一，但要我回到一歲的問題，我真是沒好氣地回答：

「Alice，一歲！一歲還沒有記憶啊！」

「妳不需要記得，妳只要告訴我一歲的時候發生過什麼事情，讓一種驚嚇藏在妳記憶裡？」

我閉上雙眼。「哇！」一聲哭喊，喊醒了我的兒時：

「他死了！他的飛機撞山死了！」

親朋好友來家中安慰著母親，母親的悲痛，姊姊哥哥的哭泣，搖籃裡的我，一歲的我。

我極少談到童年生活，總覺得對父親唯一的印象是他留下的空軍飛行員的英姿，而我和他出現在同一張照片裡只有僅僅兩張。每一年我們三兄姊妹都會隨著祖父母去碧潭空軍公墓，在一個房間裡，有一排排木架上擺著各種不同形狀的骨灰罈。我們對著其中一個寫著父親名字的罈子鞠躬。那個感覺很奇怪。或許因為知道那裡面裝著的只不過是失事後全燒光的灰燼，根本無法辨識這人是誰，也沒有和這個人有過任何真實生活上、情感上的累積，所以我一直不覺得從小喪父的悲痛或自憐，去祭拜他只是因為他是我的父親。

直到我二十五歲的那一年，在香港的工作增多，甚至決定要結婚安居在港，哥哥姊姊也離開台灣多年，毫無打算回台灣。中國人的那句老話人要入土為安，我提出了應該替父親下葬之事。

二十五年的等待。我的爸爸，一個中華民國的空軍，在他入伍時的遺囑裡是如發生意外陣亡，盼望葬於故鄉山西五台山。但三十三歲的他實在死得太早，我們兒女們沒有能力把他帶回家鄉，只能盡一份心意把他葬在我出生的地方台灣。公葬儀式簡單莊重，一個個墓碑上刻著的都是二十多、三十多歲在出任務時失事的年輕人的名字。姊姊哥哥沒有趕回來，張家幾位親戚陪伴著我，而我，傷心地失聲痛哭。哭他在世時一定有抱我在他懷裡；哭他出事離家門之前還餵出疹子的我吃藥。這麼多年他一定在某處看護著我。原來這一份父女情是存在的，是如此深藏著，不知不覺地和我一直成長，越老越濃厚，非常地美。

人生事件的發生都會在成長中播下種子。無論是天意還是後天之人為，我們都要學習去面對它；如是天注定要去開解，只要不是用負面的情緒去處理，就和時間與它共同相處，一步一步走向那其實並不遙遠的光亮。把過錯放在既定的人或想法上，只會套牢自己的心。但到底是誰這麼壞，套牢了你的心？仔細想想，原來就是自己的腦子。過去造就了今天的我們。明白、清楚了，至少我們可以用心去選擇未來的日子該怎麼跟自己相處，不然索性更自然地去接受這個無常的人生吧！

係樣片
不修改

這麼多年來他一定在某處看護著我。
原來這一份父女情是存在的。

家訓

傲不可長　欲不可縱　志不可滿　樂不可極

——魏景蒙

外公臉上有兩道傷痕，像是被抓傷的。

「You have scratch on your face!」

他毫不隱瞞半開玩笑地回答：

「Yes! A scratch by a bitch!」

他對外孫女也太誠實了吧！

外公身高五呎二、三，既無一身肌肉也沒有俊美的面貌，但他在無數女人心中絕對是一個最有魅力的男人。他的才學、幽默、真誠、活力讓其他男人也無法不喜愛他。

我愛他是因為他留給我的家訓，並遵守至今。

——政治是政客玩的遊戲，是一條不歸路，玩不起。

——不要因為有特權而濫用。反而要避免。早年可以有人到飛機艙門口接機，一路快速過關。一併不准用。

——嘴要謹慎，不需要把重要人物的名字掛在嘴上來顯示自己的地位。要尊重別人的隱私。

——盡量能夠幫助開口相求的人。尤其是年輕一輩。常常你的舉手之勞是他人莫大的鼓勵。

——念書並非唯一的出路。念死書也只能讓人成為書呆子。活用自己的長處，但要「善」用。

——不要離婚。承諾是一種責任。（這一點是我當年沒有遵守的）

有一天晚上我坐在窗口，時間剛過半夜，大廈入口的木閘柵已下。有車子回來按個喇叭，管理員就從休息室出來開閘。過沒多久，我見到外公的車子駛入，慢慢停在入口。沒有喇叭聲，只見他小小身影下車，自己開啟木閘，把車開了進來再放下木閘。他沒有煩勞管理員，自己能做的事很簡單順手的就自己做了。這一幕，我永遠記在心裡。

和他相處時間並不多也不長，但不知為何每一件事都鮮明深刻。

我偷偷地把他一條蘇格蘭格子喀什米爾羊毛的溫暖毯子在中間剪開一長條縫，往頭上一套，就成了我時髦的披風。有一天他看我穿著它，看了許久然後輕描淡寫地說：

「小妹，妳這個披風挺好看的。」

許久以後，他寫了幾個字給我。

「人實役物，不可役於物，繪事娛己，不可娛人。」

外公，我記住了。

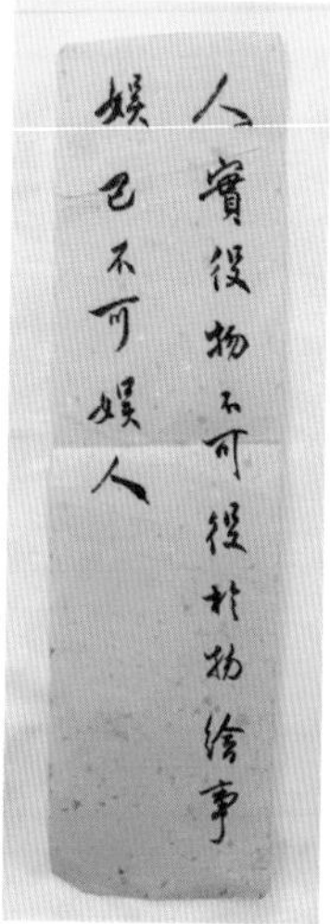

我愛他是因為他留給我的家訓，遵守至今。

喜劇

我特愛喜劇。高中念國際聖心時就曾經把《花田錯》的其中一場戲改編成英文，我反串男角，金髮藍眼睛、比我高出一個頭洋妞同學穿上了忘記從哪兒借來的像晨褸的古裝，我們二人又唱又演地把老師同學們笑歪了。

我一直認為喜劇的劇本最難寫，尤其是好的幽默，是要有非一般的眼光去看世界。

小時候，媽媽買了一件火紅吊帶低胸的紗裙給我，我特別留著過七歲生日穿。那一天我和比我大三歲的哥哥走在路上，我深深記得只要我一走近他，他立刻像被蜜蜂叮著地跳開，生氣地叫著：「走開，走開，妳太肉麻了，不要靠近我，我不認識妳！」

這張照片上我穿的就是這件火紅吊帶低胸紗裙。

我不懂他什麼意思，我覺得自己美極了。兩個小孩就為了一件紅紗裙半追逐吵了一段路。真奇怪！一個十歲的男孩就知道不允許自己妹妹穿低胸衣服，但卻巴不得別的女生再低一點。那一個可笑的畫面不只是小男生小女生的天真，反而是中國男人根深蒂固大男人思維的表現。

喜劇因情境而產生，用更高的智慧卻更卑微的態度去面對問題。這種人其實會比平常人更敏感，想事情渴求更透澈更誠實。

武俠世界裡的人物為何都沒有視力的問題？我常這麼想：有見過戴近視眼鏡飛簷走壁的大俠嗎？沒有的原因是否因為戴眼鏡打起來不太方便？還是有損英雄形象？如果真有視力的缺憾，應該常常會看到飛錯方向或撞到樹的大俠與俠女。韓寒寫的《長安亂》就把許多真實的缺憾加入在最不真實的武俠世界裡。人性的荒謬、矛盾、諷刺讓人哈哈大笑。可惜韓寒少爺自己承認，寫到最後已經有點忘了前面寫了些什麼，甚至還漏寫了一、兩個重要人物，所以他只好匆匆結束。這也滿搞笑的。作者到底發生了什麼事？失憶了？迷路了？不敢寫下去了？賽車去了？韓寒沒有解釋。

去年喜劇演員羅賓・威廉斯自殺過世。報導提到他死前不斷地與嚴重的憂鬱症鬥爭。身為一代的喜劇泰斗，這真是悲劇和喜劇的一線之差。渴望用「笑」化解人生痛苦的人必然對痛苦有極深的感受，但逐漸發覺這些鑽心的苦竟然失去了出口，它在累積膨脹，這個世界已無法用善去化解殘酷。我們再也看不到那些用智慧拍出的經典喜劇，那些充滿著人性和生活緊扣的作品。當這些消失之時，取代的就是暴力，把快樂建築在他人痛苦的粗俗手段。二十一世紀的人類是沒有信任這兩個字的，對他人對自己都沒有。人們自大地挑戰著大自然，囂張地擁抱著經濟和科學。當一個以歡笑維生的演員發覺原來自己的對手不再是另一個演員的崛起，而是一個又接一個的機器人時，羅賓・威廉斯的死是否帶給我們一種提示呢？

少了喜劇幾乎就是少了真善美。

請密切注意後面在戴游泳鏡的男子。

哎喲！ 老公， 對不起出賣你了！

有怎麼樣的父親就有怎麼樣的兒子。

大樹

同學PO上群聊室一張家門前大樹的照片，感嘆著同年代育出來的幼苗所剩無幾，大樹在被吞噬的生態環境裡默默無聞，無奈地挺立著。照片中鏡頭是仰角，只見茁壯的樹幹和依然茂盛的枝葉驕傲地迎向天空。

我們多數往上看給予讚美，少人低頭感激那不露面卻牢牢緊埋在土地裡的樹根。忘了一切的美好都是從那裡開始的。

有一天我想將家中院子裡的一棵小松樹移植到另一處。原以為只要把土耙鬆，當根部露出，抓住中心樹幹用力搖晃幾下就可以輕鬆地連根拔起。我和先生輪流耙著土，一鏟又一鏟，沒多久就見著根部，立刻用手搖著樹幹。它完全不為所動，那只是根的最上一節，我們努力地再往深處挖，這才發覺土裡面有多少雜質：小石子、大石塊、蚯蚓、不知從哪裡竄過來的雜草、其他的樹根、樓上沒有公德心人士長久扔下來的垃圾。在這種環境下，不過三呎高的小樹卻扎根如此結實，默默地在土壤裡尋找著營養，有時還要和其他植物搶地盤。突然想到在吳哥窟見到的那些千年老樹根暴露在外，它們像是吞噬了宮殿、廟宇的怪獸，但或許長久以來就是有它們的保護才能將這個歷史古城留存下來。能扎一個結實的根是多麼不容易。好好地做一個自己的園丁，悉心照料才禁得起風吹雨打啊！

現在我每逢遛狗，都會盡量帶牠們到不同的樹邊，讓狗兒圍繞著樹根轉，狂嗅一番，然後狠狠地送上極有灌溉營養的一大泡尿。

（台北市雲和街的樹）

我一早去和同學家門口的樹哥打招呼問候，樹哥雖已彎腰駝背顯老態，樹根部分暴露地面，樹幹上的傷痕，不知受過多少委屈。不過同學告知樹哥乃此巷的鎮街寶，街坊皆保護，它原地矗立不動混到地標的地位。

這是我熟悉的台北。

二〇一〇年三月的筆記

從年輕開始就習慣走到哪裡，皮包總是會揣著一本筆記本，以前是寫下看到的想到的，現在是寫下該做的，免得忘了。也因為如此，養成我另一個習慣就是到處買筆記本；大本小本，不同顏色、紙質、年分、圖案。但隨著瑣事增多，寫的次數反而減少，每一本都開個頭，寥寥數句就不了了之，書架上越集越多這些沒寫完的小本子。今年終於下了決心不能讓這狀況氾濫下去，所以在二〇一〇年三月去印度宣明會探訪之旅時，我在架子上抽了一本最舊的藍皮筆記本隨我上路；早就忘記曾擁有它多久？一直沒扔是因為它是那種早期有洞，一張張可以夾起來的紙張，一些不太想留的相信早已扔了，卻不見任何撕毀痕跡，所有留下的都必然是我想記得的文字。

在印度密集的四天探訪的最後一天，我們一隊人馬在破舊的加爾各答的機場等著半夜飛往新加坡的飛機，我終於喝到四天以來第一杯真正的濃縮咖啡，然後翻開這本筆記本。

Nov. 25, 1989……二十一年前的十一月二十五日我寫下：

這是一個不尋常的一年，親眼目睹世界上大事件：東德和西德通行，拆牆，我由東柏林坐車進入西柏林，多少人搖著旗子歡迎著每一輛車子，有點驚奇見到我這個黑髮黃膚的大姑娘興奮地向他們招手。（註：那時我還是大姑娘）感覺世界逐漸變小。哇！這真是一翻就是二十一年了，太神奇了！

想想這些日子經歷的風風雨雨，也有風雨後得到的快樂滿足，我少了份浪漫，添增了些世故，尚未到灑脫，卻也開始懂得和自己平靜相處。十七年的宣明會義工身分帶著我走向更寬闊的視野；從非洲的東部肯亞，到中非、西非、南非，回頭到斯里蘭卡、外蒙古、南韓、越南、泰北、印度的清奈，再回到台灣本島的中、南、東部山區。一次又一次的天災救援後援工作，十六年後回到衣索比亞探訪多年後的成果，一直到剛剛才去過的加爾各答北部比哈省，那是印度最貧窮的省。再往南部開車一個鐘頭左右就到了窮中最窮的村莊Jamui，在那裡我資助了我第八個資助兒童，男孩，七歲，他本來有七個兄弟姊妹，去年弟弟因為腹瀉，家中貧困沒有立即求醫，等找到醫生時又因藥物不足，無法醫治而死在回家的路上，那個孩子才一歲半。

在印度每一天就有五千個兒童活不過五歲，一年就有兩百萬幼兒死於瘧疾、腹瀉、肺炎和營養不良。瘧疾來自不衛生的居住環境，人與牲畜同住，動物糞便引起蚊蠅帶來的病菌。腹瀉來自飲取不乾淨的水；沒有過濾的井水或是開放式的自挖井水，長期覆蓋著塵土、風帶來的各種細菌。幼兒沒有強壯抵抗力，一旦中標又沒有立刻就醫，孩子瀉到脫水，逐漸虛弱死亡。肺炎是因空氣不乾淨，呼吸系統發炎，除了一家人和動物同擠在一狹小空間內產生問題。還有溫差極大，夏天最熱到五十二度，我們在三月探訪，早上十一點之前已到達四十二度，高原地區沒有山，樹木稀少，但一進入冬季，可以立刻降到五度以下。因貧窮，並沒有什麼可以取暖的配備，燃燒牛糞是一方法，但也因此，在封閉的空間內，吸進去的都是糞便中的精華。營養不良是因糧食缺乏，這將是全世界會面臨的苦難，氣候變暖，天災越來越平常，乾旱、洪水都令農作物遭殃，這種現象令食物價格高漲，糧食大量運往富裕的國家，貧窮國家就長期面臨著缺糧。偏遠地區被這個世界遺忘，地球轉變太快，來不及追也追不上，貧窮令他們更貧窮，一張張認命的臉孔，不問為什麼生下來，不知為何窮，不埋怨死亡，只有不停生孩子，至少保障家中有年輕人勞動下去。

當工作人員告訴我資助的孩子，我將會成為他遙遠的家人時，他似懂非懂地看著我，想哭卻又笑著的臉閃過了一絲希望的光采，照暖了我和他的心。離開前，他快樂地抱著一本破舊的書本去上宣明會為他們開設的補習班，我遠遠望著他，想多看他一會兒，這一會兒可能是我們的永遠，這一生我們就只會見這一面，但一次就夠了，一次我們就建立了兩人一生都不會忘記的關係。他轉頭看向我，我舉起手向他揮別，七歲的他靦腆地低下頭，但隨即立刻抬起來衝我一笑，舉起手大力地揮著。

最後一站我們來到了恆河，終於我站在石階梯邊，看著她靜靜流向孟加拉國灣，一群群烏鴉圍繞著河邊，在髒亂的垃圾中尋找食物。到了傍晚，男女老少就帶著食物往河裡扔，有人拿著瓶子裝入河水，可能拿回去治家中的病人，也可能為將死去的家人洗滌。穿著豔麗的婦女一步步走入混濁的水中，慢慢將整個人浸入河水，鮮豔的紗裙漂浮在水面上，像一朵朵彩色的花朵。空氣中充滿了腐臭味，但印度人深深地敬愛著恆河。我想了很久，想著她的起源是由喜馬拉雅山的冰河融化，一滴一滴清澈地往下流，經過漫長的路途，分支再流向不同的地方，經過風吹雨打又結合了其他河流，變得更龐大地流向印度不同的城市。人們靠她生活，不斷地向她取用，生老病死的洗禮，一切都是一個過程，當她已是如此汙濁地進入大城市時，人們感激她的寬厚和她的包容，這時，她已經不再單單只是一條河，她就是人生，一個豐富美麗的人生。她早已不再問那麼多為什麼，只是無怨無悔地接受一切，沒有懷疑或恐懼，就這麼靜靜往前流，流入大海，進入汪洋，所有的恩怨情仇就這麼洗淨了。

後記：二〇一四年年尾，台灣宣明會告訴我，因為孩子的家庭經濟狀況逐漸轉好，他已經不屬於被資助的範圍內，我的資助就此停住。他的照片永遠在我的電腦裡。我的樣子會永遠在他腦海裡吧！

T-61
P-12
11-2-10 T-61
P-11
14-1-10

他似懂非懂地看著我，想哭卻又笑著的臉閃過了
一絲希望的光采，照暖了我和他的心。

另類治療

第一次接觸顱骶骨（Craniosacral Therapy）治療是在倫敦。神經緊張，用腦過度的人在睡眠方面多少會有問題。總以為出國離開壓力大的環境，放鬆之下可以補上幾天好覺就行了。沒想到時差令生理時鐘更混亂。

我從四十歲開始就比較抗拒西藥，尤其是鎮定劑、安眠藥這一類的藥物我不碰，盡量希望讓身心能自然地運作……

英國一位友人告訴我，就在我住的街尾有一個西式另類療法，何不去試試看？只要不往肚子裡吞藥丸，非邪門歪道的手法，我倒是永遠抱著好奇心去嘗試。走進了一間乾淨簡單草薰繚繞的房間，一位三十多歲極為樸素裝束的女子讓我躺下，然後把我的頭輕放在她跪著的雙腿上，兩手放在我腦後顱骨處，她一句話也沒問，只微微感覺到她手掌偶爾地移動。當我心中正想著這是哪門子的治療？我的眼皮竟然已沉重到無法張開，然而我的意識卻無比清醒。是的！我在清醒的狀態下進入了睡眠。腦子停止了工作，但內在仍保持著警覺，身體如此舒服地進入一種深沉的休息。朋友們，如果你們不相信，可以上網查詢，然後去試一次。

顱骶骨治療是利用輕觸顱骨來調整體內包圍著脊椎神經薄膜液體的流動的節奏。我們這個小宇宙般的身體如此神奇無休地為我們找回平衡，而我們卻又無休止地繼續破壞，生、老、死是必然的，但生病卻往往是自找的。

加法

從出生起，我們就不斷地在用加法過日子。常識、學習、朋友、身高、體重、去過的地方、吃過的食物。欲望、責任、金錢、煩惱、感情、經驗……這種加法累積到某一個頂點，加法開始變成了壓力、負擔。有一天我打開櫃子，發現裡面裝滿了自己捨不得扔掉的包袱。

許多的藉口、理由讓自己無法清理自己；有時卻又會感覺無從下手，也沒有正確的方法。有時鼓不起勇氣去面對它，就只好暫時性失憶，但往上加的日子並沒有做調整。腦子飽和到無法入睡。自律神經因此失調，開始產生恐懼和焦慮，已逐漸不清楚到底是精神狀態影響了身體，還是身體弱影響了神經。當你對自己失去了興趣的時候，你對其他事情更感到麻木。

我全身沉重，從頭到脖子、肩膀，甚至乳房、肚子和雙腿都如此發脹。我站在磅秤上，仍然是多年的體重。那是什麼地方出了問題？

有一天我買了大衛・林區的書《Catching the Big Fish》。本來只是想看他如何談電影和創意，沒想到他的主題竟然擺在從靜坐到「潛入內在」。這個在我心目中一直是個脾氣暴躁的鬼才導演，居然因為靜坐而一百八十度轉變。

我不是沒有看過各式各樣關於靜坐的書，也因為類別太多就不知從何學起，也會懷疑沒有導師的引導可能反效果帶來害處。大衛・林區分享了他幾十年來所練習的超覺靜坐（Transcendental Meditation） 對其創作力的幫助及益處：「只有心智清明才能創作。你必須有辦法捕捉創意。」這是多麼吸引我的一句話，而他口中的靜坐也是如此簡單，只需要上四天

減法

「靜坐之法。不用一毫安排。只平平常常，默然靜去。此平常二字，不可容易看過，即性體也。」

「凡靜坐之法，喚醒此心，卓然常明，志無所適而已。志無所適，精神自然凝復。」（出自高忠憲《高子遺書》卷三）

減少情緒上的起伏，並非無歡喜憂傷，而是不讓它停留過久而影響我往前邁進的生活。

減少外界的干擾，反而更清晰地能找回初衷的快樂。

減少腦子裡惹人惹己厭煩的看法，留出多一些空間去什麼都不想。

用減法生活，說起來容易，實行困難。不如先從減少櫃子裡的衣服、鞋子、書架上的新書開始，也是個開始。
最重要的是要減少自虐的作為。
我告訴自己。

參

我們的真實

一句話形容好演員

我很怕有些人會跳到面前拿著麥克風就問：

「可不可以用一句話來說妳認為什麼是好演員？」

以往我會很有禮貌，迅速地找到一些不痛不癢的答覆就搪塞過去。但這一次我沒有，只簡單地說：「我不知道。」其實正確答案應該是：

「好演員豈能用一句話形容。」

要把一件事做好，怎麼可能就是一句話呢？有人做了一輩子也未必能做好，何況你的「好」也不一定是我的「好」。

希望訪問的朋友們不要再問這種題目，也可以避免掉那些不誠實的回答，而誤導了許多對影視充滿了幻想的人。

男・女・導演

電影圈一直以來都是男性主導的行業。大眾會介紹我是「女導演」，絕不會稱徐克是位「男」導演。會在訪問時問我「男女導演」之分別，這個問題絕不會在男性導演的訪談中提出。這種現象當然在東方比西方嚴重。往日我對此問題是嗤之以鼻，近年來我開始覺得「女導演」應該算是一種尊稱。原因諸多。

基本上，導演的生活態度就是自私，要百分之百由他人配合來達成自己的欲望。在工作期間，家庭、愛人是隱性的，但又不能沒有精神安慰和照料生活的伴侶。多數男性導演身邊的女人都非常崇拜他的才華，卻受苦於他生活上的無知。當然也有極少數的特例。

反觀女性導演，不難發覺，她們要身兼數職，最難逃避的責任一定是家庭，有上一代要照顧的，會考慮不要再有下一代的包袱。有孩子的，必然就要面對選擇。遇到願意一起分擔的配偶也必然會有良心地減量工作，不然婚姻的破裂是難免的，所以大多數女導演選擇單身或是有一個能懂得理解甚至可以幫助她們的工作伴侶。

我常用玩笑的口吻說男女導演的分別只是去廁所方便之差，其實它並非玩笑，而是一個天注定的事實，殘酷、痛苦、完全無法逃避的事實，尤其是未過五十歲的女導演，每個月的那幾天在深山野外拍戲時，不敢喝水，苦忍生理上的疼痛是必經之道。

我沒有把創作包括在內，總認為創作偏於個人性格，而非性別。有男導演比女的更為細膩，也有女的比男人更大器。觀點、角度、手法都因人而異，不侷限在男女之分。

最近拍戲又注意到一不同之處：現場的氣氛。一個呼來喝去，粗口滿場飛，不罵人不像是導演。我這才感受到我拍攝的現場有多麼的溫柔，輕聲細語，充滿了母性的愛意。不知道這跟我這隻巨蟹有關還是與大男人主義和女人大地之母的本性有區別？無論是哪一種方式，我們最後都善用自己的能力把故事說了出來，所以真的要分男導演、女導演嗎？

偷聽和編劇

在不同的公共場合聽別人聊天是件很好玩的事，也是做編劇可以用來練習編故事的方法之一。

前幾天我在廁所裡排隊，突然身後兩個女生大聲地在說：

「現在越晚結婚就越貴。」

「是啊！每一年都貴上幾個percent。」

「所以要結就早一點，不然就結不了婚。」

「對啊！我姊姊就是拖了半年，發覺所有東西都漲價了，到現在還沒結婚。」

很可惜到此我就得進廁所，不然很想知道如果物價一直上漲，這些女生會不會從此就不結婚了？或是為了要早辦喜事就匆匆找個人嫁了？結婚原來跟通貨膨脹的關係大過於跟愛情！

這是標準現代人的對話。我常常把一些聽來的對白放在我的劇本裡，這些都是精采而有共鳴的對話。中文對白是最難寫的一環，尤其是台灣的國語文藝片，總令人感覺文謅謅，造作不夠生活化。這個問題也請教過一位白話造詣高深的作家，他分析國語因為是國家的統一語言，必然偏官腔，好聽，但就是客氣，甚至有點假情假意。所以近年來華語片也回歸到港片要看廣東話版，台灣的本土台語令觀眾感到真實和親切，地方色彩首先就由方言開始。多數用國語發聲的電影常常歸類於時裝文藝偶像電影。西方的語言是屬於有節奏，有規律的（rhythmic），而中文是有調性的（tonal）。一不小心沒有處理好，包括對白寫得不好、演員掌握過多或過少，都會造成傷害。

我也沒有找到一個最好的解決辦法，唯一能做的就是少用對白。有時候拍了一大段說話，最後都給剪掉。不說好過說，非得說的才說，還得演員說得好聽，真不容易啊！

我這種偷聽的習慣是很自然養成的，我老公常笑我狗耳朵。我坐在地鐵上、醫院裡、任何地方，我就可以聽到一些對話後，開始猜測那些人的關係、家庭背景、性格、目前的狀況、可能之前發生了什麼事。當然之前之後的多數是我編的。我可以越編越有趣，興奮半天。如果我記得把它寫下來，很可能某一段就會出現在某部戲裡。忘記寫的，就逐漸模糊，直到有一天在類似的情境下又聽到類似的對白，閃出了一些我庫存的畫面，然後我又可以開始繼續往下編故事了。

記得下次如果遇見我坐在你附近，說話最好當心些，你們都是我最好的資源啊！

可以不可以

演戲到底能不能教？

上完寫劇本的課程，是否就能成為編劇？

可以去學做導演嗎？

所有技術上的理論都可以學，但這些卻不會保證你可以成為演員、編劇或導演，因為一半都是來自天分，天分加努力還得再加上勇氣……運氣。

我會演戲但我不會教，我只是去觀察演員的潛力，然後找方法去誘導，再使上點手段去逼他們有更精采的演出。早年的導演特愛示範演出；結果多數是那個演員就成了導演的翻版。我見過恬妞在《門裡門外》就活似個女版的白景瑞導演。

我牢記在心，做演員時就忘記導演的身分，做導演時就要把表演留給演員。

太多人入行是因為演藝圈的門檻太低，個個都以為能在演藝圈立足不是件難事。短暫的光芒和掌聲是很容易讓一個人陷入自欺的迷失。

曾經很殘酷地告訴一個自認熱愛演戲的女孩，請她早日轉行；愛不代表適合。

愛喝酒不需要開酒莊，喜歡唱歌不一定要做歌星……但是，一旦做了，那就成為你一生的修練。

前台・後台

舞台的前後台只是一步之差，卻有著渾然不同的氣氛。但這前後方都給了我非常真實的時刻。我很清楚地意識到我是站在舞台上，是那個舞台上活生生的人物。她和其他角色正在共同發生著關係。我無法說得清這感情是真還是演出來的，但在那三個鐘頭的故事裡，百分之八十到九十是在意識中而且是有紀律的。

然而後台……

無論在等待著上台前或下台那剎那，立刻會進入一種不真實的混亂。可能後台的冷空氣會拉你回到一個真實的片刻，但腦子中的狀況卻仍然停留在前台角色中。這兩者的衝擊常常會帶給我一陣強烈的空虛：我是我，也不是我。

有時我看見演員由舞台左進入後台，瘋狂地衝向後台右準備再次出場，我會想是誰在跑？是他還是角色？

我看到一對男女演員在黑暗處說著悄悄話。是在討論表演的問題還是培養真實的感情？這些似真似假的情感逐漸形成一種狀態。這狀態催眠著演員走上舞台，用最佳的技巧感染著觀眾。這時，我們到底是誰呢？

把脆弱留在後台，霸氣地跨出虎度門（編註：廣東粵劇的慣用語，伶人稱入場的台口為虎度門）。

當我們站在舞台上的那一刻，當下的一切都是我們的真實。觀眾一定要進入我們的世界。

成功

如果你打開字典去查成功的解釋：「把事情做好」。

就這麼簡單。
不需要有任何等號。
不需要和任何人或過去相比。

熱情

小棣老師在一次電影討論會中提到了「熱情」這兩個字。她迫切希望呼籲任何和電影有關的人士應該要有一定的熱情。當時許多人用笑聲就帶過去這個題目，但我卻牢記在心中，也感動於她在這唯利是圖的環境當中發出這個聲音。

熱情是否等於理想
理想是否等於年輕
年輕是否單純
單純會有一股傻勁
傻勁就是一種衝動

衝動激起人的勇氣
勇氣帶著人類向前邁進

當我們不帶著熱情重複地做一件事時，那一件事永遠只是那一件事，但如果是反覆地做著當中有新的認知，你會感受到一股自發的能量推動著那件事演變出許多不同的可能性。這種情況之下熱情只會有增而無減。這何止是限於電影圈所需要的，這應該是生活的基本態度吧！

小棣老師的呼籲是被聽到的！

安靜

我從幕前走到幕後，又可以從幕後回到幕前。有時又可以在幕前幕後同時出現。當你有這種恩賜用不同身分遊走時，會特別感到能量的透支，所以必然需要安靜去吸收，去補充自己的不足。然後你會發覺說話是件很浪費力氣的事，而現代人每天所說的話可能一半以上都是廢話。

在拍戲現場，工作人員七嘴八舌地說著，多半是一些是非或閒話家常。導演、副導演、攝影和燈光叫喊著，也常常是因為大家都不仔細聽對方在說的，只一味說著自己認為的。我們的主觀意識引導著我們的嘴喋喋不休。這一種吵雜讓耳朵來不及接收，阻止頭腦的判斷。

看看電視上的名嘴說話，就知道為何他們必須要用高分貝的語音來轟炸觀眾。第一，他們要先聲奪人，用聲音抓住你的眼球。第二，要先催眠自己，相信自己所看的，胡說八道是真的，才能催眠觀眾。第三，他們根本都不知道，原來他們的嘴巴已只是一個機器。當開關一開，它就可以自動張合發聲，但僅只如此。

所有的書本、經驗都告訴我們創作要觀察，何不先閉上嘴去聽去看，才知道想要問什麼問題。

每逢宣傳時期就要說太多的話。電影故事說白了自己都感覺無趣。苦心拍攝成電影絕非是用來說的。還是請大家進入戲院，燈滅了，嘴也靜下來，進入另一個空間，好好地享受看電影的樂趣吧！

幸福

當梁詠琪在拍攝《心動》被母親狂刮耳光叫「Cut」之後，她哭著說她再也不要演戲了。

劉若英在《一個好爸爸》裡一直演不好一個轉身又旋轉著說對白的鏡頭之後，她和我解約了，她說她無法達到我對她的要求。

李心潔拍攝《念念》時，在游泳池內練習水底不揹戴氧氣筒的階段，眼睛發炎，她跑來告訴我她做不到，要我找替身。

我自己在導《一個好爸爸》時，在烈日下曝曬中暑頭痛到快炸開，我也問過自己，為什麼要拍戲？

但我們都繼續往前走著，所有的懷疑一一克服，而且樂在其中。逐漸我們不再有疑惑，更加努力地做著自己熱愛的工作。這是一種幸福。

後記：

梁詠琪因《心動》被提名香港金像獎最佳女主角。她感謝金燕玲那真實的耳光。

劉若英的成就無須多說。雖然我不是她的經紀了，但我也榮升為孩子的「婆」了。

心潔的替身白找了。她自己一下到海底就如我預料的、一早在劇本中寫的：媽媽在海中自由地擺動著肢體跳起舞來……

至於我，還有好多故事沒有說完，所以能多做一天就非常之感恩。

等

拍戲是一個靠天吃飯的行業。

製片在幾天前就不停地在查詢過兩天要拍攝海邊的狀況。漲潮，退潮，太陽升起，何時多雲，日落時間。我多數聽過就算了，不太擺在心上。

為了避免浪費時間，製片組總是會提早發工作人員的通告。的確，在沙石上搬運器材是件吃力的事。十月的綠島風起得很凶猛；沙子一陣陣刷過臉上，腳底踩得一腳比一腳深，好不容易機器架好了，發覺陽光被山頭遮住，立刻又要換位置。再次在風中固定好攝影機，我的演員卻去不了演戲的地方。要拍的是母親帶著兩個孩子尋找被海水衝上岸而留在一個個水窪中的小魚們，但早該退潮的海水卻毫無退的跡象。從眼前的風勢看來可能還會有一段時間。

等待，耐力夠，是拍電影必備的條件。懂得應變固然是聰明的，但往往也會失去一些意想不到的驚喜。當然有時也可能就是白等。

這幾個鏡頭，我們去了無數次的海邊，每一次只搶到一、兩個可用的畫面。天上雲層每天不同的變化，加上這東北季風讓攝影組和燈光組力不從心，來不及應付。

要保護孩子們的安全，我不敢讓他們走得太遠。海浪隨時會加倍大地沖過來淹沒至下半身，最後大家只能一直退，一直退到安全的沙灘上，然後無奈地陷入沉默。

等吧！

等著我喊收工？幾天之後，他們發覺我不太輕易放棄。整組人就陪著我坐在那裡，安靜地去習慣島嶼居民的一種生活方式；一種沒有目的性地活著。

少了聒噪的城市聲，所有的節奏慢了下來，肢體下意識也鬆懈了。抽菸的，嚼檳榔的，拍照的，互相依偎擋風的，全靜悄悄地。像是在想什麼心事，又像是在演一場默劇。

從此之後，我們拍戲的現場幾乎都保持了這種安靜而親密的氣氛。

上帝寫好的劇本

二〇一三年。十月二十號，拍攝綠島教堂。

這座小教堂是一九五幾年就成立的，當年因為許多重量級的囚犯關在綠島，周聯華牧師常要為他們做心靈輔導，也就此成立了教堂，但是島上居民真正受洗的幾乎沒有幾個。捕魚為生的人還是拜土地公為主，但是教堂的大門永遠為當地的孩子們或是一些信徒遊客而開。它也是我戲中極為重要的一個場景。

我特別邀請了鄧志鴻飾演牧師。本身是虔誠基督徒的他在十九號到了綠島。五十分鐘船程很辛苦，這個季節風浪特別大，幾乎誰都躲不掉暈船、嘔吐、臉色發青。當我請鄧志鴻自選一篇聖經段落作為明天拍攝所用，他先問我希望內容關於什麼？我說關於信心、勇敢。他立刻說船一路過來時在浪中翻騰，想到可以用雅各第一章，第六節。

「只要憑著信心求，一點不疑惑；因為疑惑的人就像海中的波浪，被風吹動翻騰。這樣的人不要想從主那裡得什麼。心懷二意的人，在他一切所行的路上都沒有定見。」

我回到房間心中突然想著；這一章是鄧志鴻選的還是祂選的？翻開床頭擺著的《荒漠甘泉》，十月十九號今天的話是〈詩經〉的話。不對，我們是第二天才拍這場戲，應該是二十號的那一句話。再翻了一頁，出現在我眼前，清楚地寫著〈雅各一〉。

原來祂一早就寫好了這個劇本，我只要將它執行好。我們的人生是否也是如此？沒有任何強求，不會多一分也不會少一點。一切都在祂為你寫的劇本當中。

沒有任何強求，不會多一分也不會少一點。
一切都在祂為你寫的劇本當中。

選角指導（Casting Director）

這是一部戲裡非常重要的一環，但也是國片往往不受重視的一個職位。

華語片總是侷限在類型。一分類就是定型。藝術片就出現某一類型的面孔，商業片更不要說了，看來看去就那幾張臉。三十歲演十幾歲，四十歲演二十歲，五十歲了還演二十多歲也太過分了吧！華語片的選角指導應該說常常是投資老闆或片商，而非專業人才。

八〇年代開始，有許多西片來到亞洲找演員。我這種能說上幾句英語的演員在當時接觸了不少西方的Casting Directors。這些人有許多共通點：直覺精準、死纏爛打、記憶力特強、非常勤奮。這些都值得國內選角指導學習。

拍攝《念念》有幾個難找的角色；第一個是我要拍真實產婦生產，一個真的新生嬰兒童星。監製阿莊說這個太難了，無論時間和產婦的配合都難控制，但沒有想到，在初期找醫院的景時就遇到一名懷孕的護士願意配合。在我們開鏡的前一天就收到來電說這兩天要生了。製片組立刻安排第二組攝影師待命，又送了一部小型攝影機給孕婦的先生，如果真的來不及就請他代勞。孩子在片子開鏡的第一天出生。女攝影師趕到產房，過程非常順利。孩子乳名取為「念念」。現在已快一歲半了。最難的反而第一個過關，這是運氣。唯一遺憾是我和梁洛施沒有在現場。

第二難找的是三個主角的童年。擺在我眼前的照片多數是各個經紀公司旗下已經在演戲的小童星。不是說他們不好，而是他們真的不像，半點都不像宇綸、孝全或Bella。宇綸戲中不只是有七歲的他，還有十一歲的一場戲。這個十一歲的男孩我心中早有人選，是我好朋友的兒子。我沒有立刻開口是考慮到他在念書，會不會有興趣？肯不肯？雖然他們有相似之處，但要如何在很短的鏡頭中及直接的轉換立刻讓觀眾知道這就是十一歲的宇綸，我們必須要做點什麼事。最後決定「育男」這個角色是一個一頭小鬈鬈的男生。七歲、十一歲、三十多歲全部燙髮。乖乖！你不會相信他們有多像！

我的選角指導加加在三個月中找遍台北的學校、運動團體、芭蕾舞社、百貨公司、書店。她每天興高采烈地拿出一些照片給我挑選，無數次我皺起眉頭問她：「像嗎？」眼看著電影就要拍到小孩子的戲，加加開始進入崩潰邊緣，常常淚汪汪地望著電腦中所有演員的照片。我不斷地告訴大家每一個角色的背景、個性、生活環境、任何可能性，反正沒有拍到之前都不可以放棄。公司裡擺著三張大的板子，上面有所有角色的名字，已經確定的人選照片就會貼上去，沒有找到的就沒有照片。終於在開鏡後不久，公司裡響起了一陣掌聲。在兩千多個孩子當中，我們選到了最適合的四個童年演員。他們要不然就是長得像，要不就是氣質相仿，絕對不會引起觀眾的疑問。花了這麼多工夫去找，再費了許多口舌去說服孩子及家長，取得他們的信任，拍戲時細心地照顧。選角的過程是如此艱難，但最後成果應該是加加最大之成就。

其實一部電影每一個環節每一個部門都是重要的，只是選角指導一直被忽略。在此做特別介紹。

無法相信他們有多像！
現在你信了吧！

造型・選角

很難想像宇綸和梁洛施像一對兄妹。一個是台灣土生土長，一個香港長大在加拿大長住，洋味十足。但在兩個人身上我強烈感受到他們的孤獨、壓抑，所以他們會在某些時刻爆發出叛逆的行為。

戲中這對兄妹自小就分開了，二人各自住在全然不同的環境，一個不斷在尋找「為什麼」，另一個接受了所謂的宿命。不過這一次是男的接受，女的反而不妥協。正如現代的女性已不再妥協於傳統，而努力為自己找一個更能獨立受尊重的位置，無疑地這將會把男女之分的距離拉近。婚姻制度或婚後生活方式改變了，出生率下降，這些很明顯的都是人類的變化。

這兩兄妹幾乎在戲中沒有真正的對手戲，所以我完全不擔心二人外型的不同之處。我著重他們個人在角色扮演上的真實性。宇綸比較容易，到底是台灣長大的孩子，成長文化背景都是熟悉的，我只隨時叮嚀他不用演戲，也沒有太多刻意的場面要表演，所以最後他只要一在畫面上出現我就覺心酸，他好極了，把內心深藏的痛給予了「育男」這個角色。

Bella（梁洛施）很美，就算是素顏上鏡依然那麼美麗。第一天造型我就擔心她美麗的外型會遮蓋過角色，讓觀眾把注意力擺錯地方。果然在她改了髮型穿上戲服後，我請工作人員帶她到樓下麵攤去買麵，大家看到的依然是明星味十足的Bella在假裝買小吃。我讓她也親身去感受自己的格格不入。幸好她提早到台北，接下來的日子除了修改一些服飾髮型外，她就常和助理在外面逛，隨處坐下來享受台北的路邊攤，和美術組年輕的朋友們一起練畫畫。有時見她一早獨自在小咖啡店裡喝咖啡，無視於狗仔

觀眾一旦進入了人物的情感，
那就已經成為一個不是問題的問題。

穿粉紅色 T-Shirt 的男人

我的同志友人告訴我，敢穿粉紅色衣褲的男人一定不是同志！乍聽之下有點不明白。友人咯咯笑不多解釋，自己想吧！確實粉紅色容易辨別為女性的顏色，只有男性賀爾蒙夠強，絕不會被他人懷疑性向的男人才會完全不介意，甚至喜愛粉紅色的衣著，所以我決定張孝全在《念念》戲裡面要有一件這個色調的無袖T-Shirt。

我喜歡有信心的男人。每次見到對穿著打扮過分講究的男性，就感覺有距離和不真實。就好像吃過於精緻的西餐，總覺得沒吃飽，但多一口又嫌太膩。和孝全聊天會發現他內在有一片廣闊的天，包容度相當強。如果仔細研究他的五官並非細緻，也有某些缺陷，也因此他更顯粗獷，加上這幾年來演出增多，在不同角色的鍛鍊中培養出一分自信。以往他出席記者招待會或首映，給大眾的印象都是躲在後面，緊繃的體態也不善於發言。最近和他一起拍某雜誌照片，他完全知道如何駕馭肢體、表情、氣氛，但是那個不是我認識的孝全；和他工作時他男性的魅力是來自他對工作的認真、角色的投入。他不多話，但對人誠懇，不需要太多外界的注意力，也無須經理人或助理每分每秒的照顧，更不用明星最渴望的身邊人的吹捧。他和我的溝通是我給他表演空間，他對我的信任。整部戲裡，多數時間這個男主角的臉不是被打腫就是帶著疤痕，但是一點也不減他的帥氣。那一天拍他的殺青戲，他穿著粉紅色T-Shirt在防波堤上練著拳，身後是一片藍天，我坐在遠處看著他，好看極了。這個畫面竟然讓我感到不捨。

第一次竟然有了不希望讓一個男演員殺青的念頭。

第一次不希望
讓一個男演員殺青的念頭。

配樂

前幾年我請過李宗盛做台北電影節的評審。大家聊到電影配樂的狀況，都有著同感：真正懂戲劇配樂的人太少了。幾乎聽來聽去都是類似的調性，尤其是小清新格局的文藝片，製作成本不高，不可能在音樂上下本錢。每個音樂高手都無法展露才華，也無法培養電影配樂的人才。

從《心動》開始，我一直和黃韻玲合作。或許是因為第一次認識小玲就是在楊德昌的《海灘的一天》。她雖然不是配樂，但裡面的鋼琴演奏都出自於她的手。楊德昌對下音樂的精準是令人佩服的，從不亂擺或刻意用些煽情的音樂。在八〇年代，幾乎是大多文藝片都用大量罐頭音樂及一定要有主題曲的年代。他完全不理會，非常沉穩地讓對白被聽到。音效帶出環境的氛圍，直到節骨眼上才出現能打動你心底的旋律。他這種做法，應該影響了不少當年的電影人。我也是其中之一。

無法忍受轟炸式的配樂！用得不當會令人連帶厭惡這部戲，是一種減分。

在拍《念念》的初期，一直猶豫著該找誰來做配樂。如何去表現心底深處之情？那種「念」是隨著生命的流動，卻又強韌隱藏地存在著。誰有這種生活歷練和深厚音樂的底子可以傳達對的情緒呢？我想到了陳揚老師。

陳揚在二十多年前為陳坤厚導演配的《結婚》讓我久久無法忘記。他一直以來都是一個「怪人」。所謂怪也是因為他不跟隨主流，不愛重複自己，獨來獨往。他從不囉嗦於一些表面的問題。他看了片子就決定接下這份工作。幾天之後，我們開始了一段很有趣的簡訊討論：

陳揚（陳）：這是個個人的感受。妳電影要告訴哪些人？

張艾嘉（張）：我沒有什麼了不起的大道理要說，只想把我人生跌跌撞撞後悟到的用電影語言和觀眾對話而已。

陳：經歷是資源材料。妳要說明白（調性，氛圍）人、事、物、時間。累積的感受（？？）

張：你可能這兩天見面聊？還是用我們現在這種對話方式？

陳：思考……感受。

（後話：陳揚說他一定要完全進入我的感受）

張：許多天空的變化。海底水的情緒。一場戲有陽光有烏雲甚至突然下起雨。不迴避。完全接受。這幾個人物就在此狀況下去接受自己，把過去放下。並非忘記。過去永遠是我們生命的一部分。

陳：符號。投射。共鳴。

張：三個主角在海邊出生。像母體內的水是孩子們最熟悉的安全感。美人魚是媽媽渴望的自由。故事很簡單，心靈的對話是我希望能做到的共鳴。

陳：符號是投射的基礎，共鳴是投射的結果。媽媽。難產死亡……賣麵。（隱喻）是那一個文化階層（畢竟是人看到的）。

張：你覺得我是哪個文化階層的？我導的戲一定脫離不了我……

陳：中國的台灣的女性。堅定（相信）。宿命。

張：哈哈……勇敢的。

陳：心靈需要符號來溝通，而且每個人都不一樣。

張：是的，每個人共鳴點未必一樣。

陳：氛圍。感受！

張：出生如果是喜悅，嬰兒為何要哭？

陳：人間是來歷練的。我們都在追求平靜的心。

張：是啊。

陳：HaHaHa……

張：所有的糾結都努力在找出口，卻也不一定找得到。但有時靜下來才發現其實有多少神奇在發生：Magical moments……

陳：妳是混亂製造者？

張：怎麼會？我是個幸運的人。多少經歷，多少神奇時刻讓我明白宇宙無限大。

陳：從一粒沙，看到宇宙。念．念……

後來我收到陳揚的音樂，完全擺脫了一般配樂的想法。一把大提琴將那含蓄幽深的念念緊扣住了你的心。如此的簡單直接，它的動聽在於耐聽。一次又一次，感受越沉越深。不用多，只要對。

西方音樂是由宮廷延展出來，表演性質為主，娛樂他人為目的。

中國音樂是從內寫出，為自己的感情抒發而作，和自己及大自然對話。

nn-03-0810-01-02 (3:47)
PAD.
nn-03-0810-02. (1:09)
nn-03-0810-02-02 (0:48).
nn-03-0810-03 (1:18).
nn-03-0810-04
THE 36TH HONG KONG INTERNATIONAL FILM FESTIVAL
nn-02-0810-03-03. (3:43).
nn-02-0810-04
nn-02-0810-05 (1:18)
THE 36TH HONG KONG INTERNATIONAL FILM FESTIVAL
nn-01-0810-01.
PAD
nn-01-0810-01-01 (1:33).
nn-01-0810-01-02. (1:07)
nn-01-0810-01-03. (4:05).
nn-01-0810-02 (4:01)
PAD. + 主 melody
nn-01-0810-02-04 (4:01)
PAD
THE 36TH HONG KONG INTERNATIONAL FILM FESTIVAL
nn-01-0810-03-07. (0:56)
nn-01-0810-03-08. (5:19)
高音 PAD.
nn-01-0810-03-09 (0:45).
nn-01-0810-03-10 (3:37)
THE 36TH HONG KONG INTERNATIONAL FILM FESTIVAL

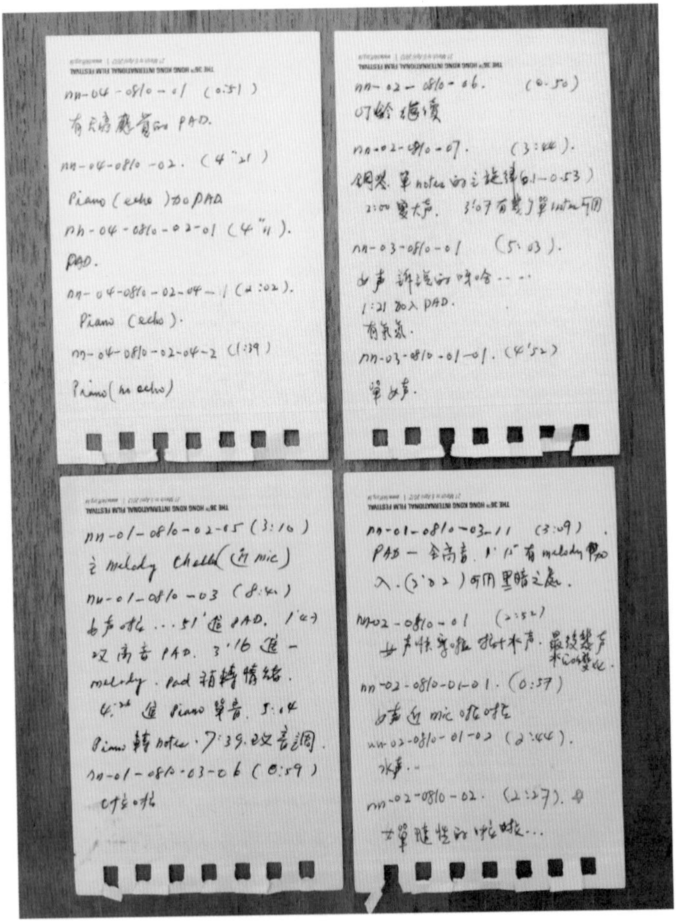

nn-04-0810-01（0:51）

有无法感音的 PAD.

nn-04-0810-02.（4"21）

Piano（echo）加 PAD

nn-04-0810-02-01（4"11）.

PAD.

nn-04-0810-02-04-1（4:02）.

Piano（echo）.

nn-04-0810-02-04-2（1:39）

Piano（no echo）

nn-02-0810-06.（0:50）

叮铃德资

nn-02-0810-07.（3:44）.

钢琴 单 notes 的主旋律（0.1-0.53）
2:00 更大声。3:07 有鼓的单 notes？加回

nn-03-0810-01（5:03）.

女声 新境的呀哈···
1:21 加入 PAD.
有氛围

nn-03-0810-01-01.（4'52）

单女声.

nn-01-0810-02-05（3:10）

之 melody Chello（加 mic）

nn-01-0810-03（8:4..）

女声情···51 进 PAD. 1'4.
改高音 PAD. 3:16 进一
melody. Pad 拍掉情绪.
4:58 进 Piano 单音. 5:04
Piano 转 notes. 7:39. 改音调

nn-01-0810-03-06（0:59）

叮的叫

nn-01-0810-03-11（3:09）.

PAD—会高音 1'15 有 melody 带加
入.（3'32）分用里暗之底.

nn-02-0810-01（2:52）

女声快乐的 好的木厂. 最后提示
不 Cast 化

nn-02-0810-01-01.（0:37）

女声近 mic 唱的很

nn-02-0810-01-02（2:44）.

水声

nn-02-0810-02.（2:27）. 中

半隆性的唱啦···

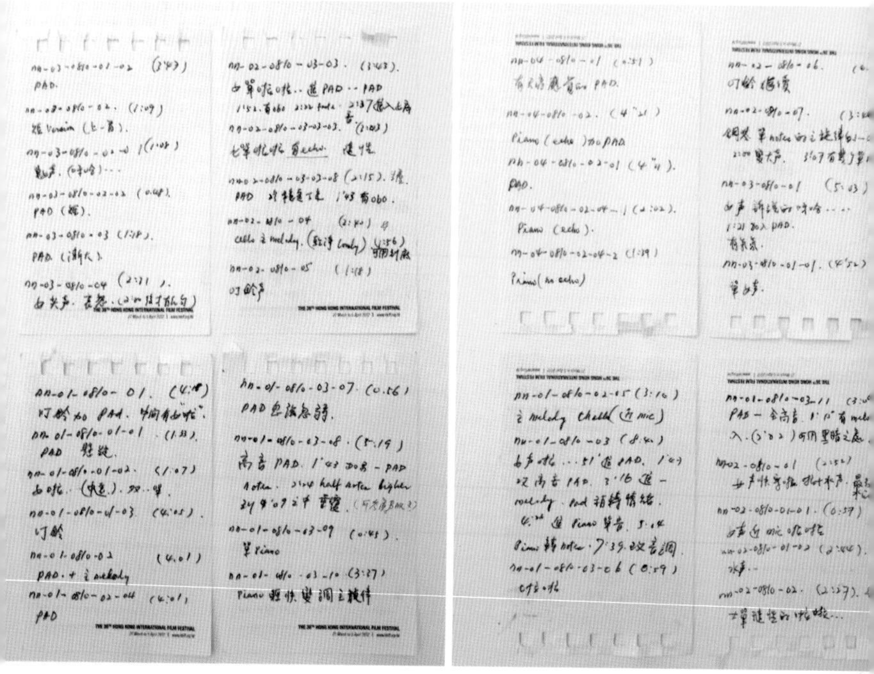

六十多個段落我做了標示。
一次又一次，感受越沉越深。不用多，只要對。

作者已死

我問起很久以前，曾經為陳揚錄過一張很特別的唱片：他的音樂，我的口白，說了一段故事。和他一起合作的還有馬汀尼。那一次我們發現了馬汀尼和我聲音頗為相似。故事說的是什麼？已經忘記，只記得很喜歡用聲音做表演。

這事說起來至少有三十年以上，唱片非常好聽。在四處搬家時就不知把它放哪裡去了。我問陳揚還記得嗎？他先是一臉愕然，慢慢才想起有這麼一回事。

「你還有那些音樂嗎？我想再擁有它。」我興奮地要求著。

陳揚一下露出他孩子般最天真的面孔說：

「作品做完了，作者也死了。沒有了！」

他呵呵地笑了起來。我也贊同附和地笑了起來。

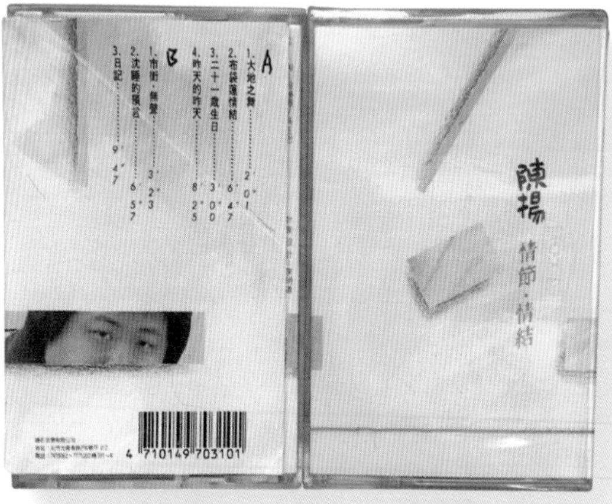

我：「你還有那些音樂嗎？我想擁有。」
陳揚說：「作品做完了，作者也死了。沒有了！」

我居然在 26 年後找回了這個卡帶。
不可思議！

找景

當你在寫一場戲時，腦子裡一定會出現你或許熟悉或許曾經記憶深刻的景。最難找的往往是一些最普通的實景：譬如咖啡廳。我要找一間開在拳擊館附近，非常簡單的西式餐點，價位便宜，客人不多，要在角落的位置，因為戲中男女主角要吵架，躲在一角比較敢放聲爭吵。

聽起來這樣的咖啡廳應該在台北每一條街都有兩三家，但我們從製作公司最近找景開始看起，看到出了台北市的地區；不是太大，就是不像是在拳擊館附近的餐廳。有的太新太無趣，有的又髒又舊只有一桌上了年紀像是懷舊的老客人。想找到一個有感覺而沒有擺太多雜物的角落幾乎是沒有。

這時我才有機會仔細地看到台灣小咖啡餐館的文化。在這十幾年因為星巴克的崛起，咖啡廳文化走入了企業化，大部分家庭式的經營受到挑戰，當初那些因為喜歡自己當老闆，不用受他人的氣而開個小店的日子已經成為過去，要想繼續維持就必須注入新的點子。突然之間台北多了一票的糕點、餅乾人才，也出現了許多懂得品嘗及各式煮咖啡的專家，還有二十多歲年紀輕輕的西式簡餐師傅。新店開張，關門大吉，另一家新店開張，轉換速度極快，所以很難找到記憶中的熟悉。我搬出幾個老店的名字，製片組的年輕人一臉茫然，不然就忍不住笑出來說：張姐，那應該是很久很久以前的店吧！

過去，我們說「泡咖啡館」，一進去就是幾個小時，情侶也好，狐群狗黨也好，就是有說不完的話，吵不完的架。現在或許只是找個空間可以坐下，各自拿出手機，低著頭迷戀在另一個和自己沒有太多關係的世界裡。

我們幾乎到拍攝期的最後才找到這間餐廳，可用之處也真的只有一角。老闆把牆壁漆成紅白二色，大片的紅色過分的強勢，這也是為什麼在第一次看景時我沒有決定用它的原因，但對它的印象卻是清楚的。第二次再去看景，我和美術指導突然看到牆壁某一角有一些斑駁，可以破壞那分強勢，再掛上了一幅複製油畫。桌上兩盤快餐的義大利麵，兩個透明塑膠杯的白開水，旁邊帶到的空桌是全空。當美術指導把原有的小花瓶插上幾朵塑膠小花擺在靠牆的桌邊上時，我笑著拍起手。紅色卻被摧殘的氣氛；隱祕的角落在一家自助中式西餐咖啡餐店裡，男女主角好好地吵了一場架。還有什麼比得上在後期音效小杜（杜篤之）替它加上了廚房隱約的炒菜的聲音，遠處偶爾傳來開門關門的聲音，讓整個空間更為立體。這就是電影創作令人著迷的原因，而這些只不過是從找景開始。

電影創作令人著迷的原因，
有時只不過是從找景開始。

定調

《念念》開拍前，我先定下了一個基調：

捕捉都市的形色和聲音
分辨城市、小島光彩和陰暗
對白簡潔
隨時留意大自然的意境，尤其是海底的情緒
從容自在的節奏
實在的情感，向內的表演

開拍的第一天我就先拋開了劇本。我希望讓直覺先領路。《念念》的定調就來自於今天的心。

美人魚

她不是魚，也不是人。
她是魚，也是人。
你不會想真的正面看到她。
如果會，可能會讓你不知所措。
她應該是遙遠、朦朧，只有想像力可以接觸到的。
我不會游泳，更不會潛水。
因為不會，我就更大膽地去想像海底的世界……
美人魚的身影，美人魚魚尾的色彩，美人魚的渴望……
那是我最自由想像的空間。
只因為我完全不知道，也沒有人敢說他知道。
你相信有美人魚嗎？
閉上眼睛去想像，在那深海底……

伍

天氣美術館

晴天太陽讓人心野
陰天反而我心靜了

我走入了古代

回家途中
遇到了怪獸

為何夕陽上端掛著一隻大蠍子

緬甸的清晨看到梵谷

日落入我手中

世界宣明會

輕描淡寫

張艾嘉｜文字 · 攝影

美麗田
143

出版者：大田出版有限公司
台北市 10445 中山北路二段 26 巷 2 號 2 樓
E-mail：titan3@ms22.hinet.net　http：//www.titan3.com.tw
編輯部專線：（02）25621383　傳真：（02）25818761
如果您對本書或本出版公司有任何意見，歡迎來電
法律顧問：陳思成

總編輯：莊培園
副總編輯：蔡鳳儀
執行編輯：陳顗如
行銷企劃：楊佳純 / 古家瑄
校對：黃薇霓 / 金文蕙
初版：二〇一五年（民 104）五月一日　定價：360 元
四刷：二〇一六年（民 105）十一月十日
印刷：上好印刷股份有限公司（04）23150280
國際書碼：978-986-179-385-6　CIP：855/103027691

本書（p28/41/75/121/122/123/126/132/133/141）攝影：莊麗真
（p46/47）攝影：林炳存
（p159）「念念」電影提供
（p82/83/171）World Vision India 提供
（p137/140/155）攝影：吳易致

From：地址：________________

姓名：________________

廣 告 回 信
台北郵局登記證
台北廣字 第01764號

平 信

To：大田出版有限公司 （編輯部）收

地址：台北市 10445 中山區中山北路二段 26 巷 2 號 2 樓
電話：(02) 25621383 傳真：(02) 25818761
E-mail：titan3@ms22.hinet.net

＊請沿虛線剪下，對摺裝訂寄回，謝謝！

大田精美小禮物等著你！

只要在回函卡背面留下正確的姓名、E-mail和聯絡地址，
並寄回大田出版社，
你有機會得到大田精美的小禮物！
得獎名單每雙月10日，
將公布於大田出版「編輯病」部落格，
請密切注意！

大田編輯病部落格：http：//titan3pixnet.net/blog/

智 慧 與 美 麗 的 許 諾 之 地

讀 者 回 函

你可能是各種年齡、各種職業、各種學校、各種收入的代表，
這些社會身分雖然不重要，但是，我們希望在下一本書中也能找到你。
名字／__________ 性別／□女 □男　出生／______年______月______日
教育程度／
職業：□ 學生□ 教師□ 內勤職員□ 家庭主婦 □ SOHO族□ 企業主管
□ 服務業□ 製造業□ 醫藥護理□ 軍警□ 資訊業□ 銷售業務
□ 其他 ______________________________
E-mail/______________________________ 電話／__________________
聯絡地址：
你如何發現這本書的？　書名：輕描淡寫
□書店閒逛時________書店 □不小心在網路書店看到（哪一家網路書店？）________
□朋友的男朋友(女朋友)灑狗血推薦 □大田電子報或編輯病部落格 □大田FB粉絲專頁
□部落格版主推薦 ______________________________
□其他各種可能 ，是編輯沒想到的 ______________________________
你或許常常愛上新的咖啡廣告、新的偶像明星、新的衣服、新的香水……
但是，你怎麼愛上一本新書的？
□我覺得還滿便宜的啦！ □我被內容感動 □我對本書作者的作品有蒐集癖
□我最喜歡有贈品的書 □老實講「貴出版社」的整體包裝還滿合我意的 □以上皆非
□可能還有其他說法，請告訴我們你的說法

____
你一定有不同凡響的閱讀嗜好，請告訴我們：
□哲學 □心理學 □宗教 □自然生態 □流行趨勢 □醫療保健 □ 財經企管□ 史地□ 傳記
□ 文學□ 散文□ 原住民 □ 小說□ 親子叢書□ 休閒旅遊□ 其他 ______________
你對於紙本書以及電子書一起出版時，你會先選擇購買
□ 紙本書□ 電子書□ 其他______________________________
如果本書出版電子版，你會購買嗎？
□ 會□ 不會□ 其他______________________________
你認為電子書有哪些品項讓你想要購買？
□ 純文學小說□ 輕小說□ 圖文書□ 旅遊資訊□ 心理勵志□ 語言學習□ 美容保養
□ 服裝搭配□ 攝影□ 寵物□ 其他 ______________________________
請說出對本書的其他意見：

＊請沿虛線剪下，對摺裝訂寄回，謝謝！